AF582333

Sire,

J'ai l'honneur de supplier Votre Majesté d'agréer l'hommage d'une Epître que je me propose de publier. Je désire que Votre Majesté y trouve l'expression de mon dévouement et du respect avec lequel

j'ai l'honneur d'être

de Votre Majesté,

le très-humble et très obéissant sujet.

A. Egron,

Paris, le 14 ventôse 13. rue des noyers, 24.

ÉPÎTRE
AUX
INCORRIGIBLES.
(1805)

Eh quoi, novateurs indiscrets,
Dont les absurdes théories
Ont porté le Peuple français
Aux plus déplorables folies,
Ainsi qu'aux plus affreux excès;
Vos têtes ne sont pas guéries
De vos ridicules projets!
Et la vaine philosophie,
Qui si long-temps chassa la paix
Du sein de ma triste patrie,
A pour vous encor des attraits?
Quoi, dix ans de trouble et de guerre
Ne vous prouvent pas clairement
Qu'un Gouvernement populaire
N'étoit pas le plus beau présent
Que votre bonté pût nous faire!

Vous vous plaignez avec aigreur
Que ces églises délabrées,
Où vous insultiez sans pudeur
Aux vérités les plus sacrées,

Aujourd'hui, richement parées,
Soient à l'Éternel consacrées
Par un Peuple religieux !
Votre douceur philantropique
Transforme toujours à vos yeux
Le prêtre le plus vertueux
En un animal dangereux,
Fait pour brûler sous le Tropique !

ENCOR pleins d'admiration
Pour ce Calendrier vulgaire
Où brilloient la *Pomme-de-Terre*,
Le *Chou*, le *Bœuf* et le *Dindon*,
Vous traitez de crime l'usage
De l'Almanach grégorien,
Et regardez comme un outrage,
Si vous recevez un message
Que dépare le style ancien !

VOUS poussez, dit-on, la folie
Jusqu'à croire que nos vainqueurs,
En cessant d'être raisonneurs,
Cessent de servir la patrie ;
Et vous voyez avec chagrin
Tous ces cultivateurs tranquilles
Semer et recueillir leur grain,
Tandis que l'habitant des villes,
Répandant l'or à pleine main,
Par son luxe donne la vie
A cette foule d'artisans

Que votre *sans-culoterie*
Rendoit cruels et fainéans.

Abjurez votre erreur grossière ;
Ennemis trop inconséquens,
Ou craignez les rapprochemens
Qu'à votre honte je puis faire.

Si vous niez obstinément
L'ordre établi dans les finances,
Et cet équilibre constant
Des recettes et des dépenses ;
Déplorez donc ce temps charmant
Où n'ayant d'autre numéraire,
Qu'un papier toujours décroissant,
Vous étiez semblable à l'enfant
Qui s'estime millionnaire,
Grâce à maint jeton noir et blanc
Que d'une somme imaginaire
Il a couvert en se jouant.

Vous qui chassiez de votre Empire
L'homme de lettres, le savant ;
Vous qui ne songeant qu'à détruire,
Par vos décrets, fruits du délire,
Frappiez de mort le commerçant,
Voyez l'expirante industrie
Renaître à la voix d'un Héros ;
Comptez, s'il se peut, ces canaux
Que trace la main du génie ;
Admirez ces rocs entr'ouverts,

Forcés de nous livrer passage,
Et dites avec l'Univers :
NAPOLÉON joint au courage
Qui le rend l'émule de Mars,
Les goûts et les vertus d'un sage,
L'amour du commerce et des arts.

CONTRE ce Prince magnanime
Pourquoi donc toujours courroucés,
Appelez-vous illégitime
Un droit que justifie assez
Des Français la voix unanime ?

POUR *des Républicains ardens*,
Je sais que les mots de Couronne,
D'Empire, de Sceptre et de Trône
Sont tant soit peu durs, et je sens
Que d'aussi barbares accens
Ont pu déchirer votre oreille;
Mais pouvez-vous, en vérité,
Nous faire une guerre pareille ?
Quand un mortel a mérité
D'exercer le pouvoir suprême;
Quand du Peuple la volonté
Met sur son front le diadême,
De sa brillante dignité
Doit-on lui disputer l'emblême ?

SOUS d'autres noms, vous étiez rois,
Lorsque tout couverts de guenilles

Vous n'en dictiez pas moins des lois ;
Lorsqu'enfermant dans vos bastilles
Les plus vertueux citoyens,
Vous criez contre l'opulence,
Pour vous emparer de nos biens ;
Vous étiez rois, quand l'innocence
De pleurs inondoit vos genoux,
Et s'humilioit devant vous
Pour sauver sa foible existence.

Le signe de la royauté,
Lorsqu'avec vous régnoient les crimes,
Étoit ce bonnet détesté
Rougi du sang de vos victimes.
Votre trône étoit ce bureau
Où figuroit l'affreuse image
De ce législateur bourreau
Qu'Arras vomit sur notre plage.
Des piques fumant de carnage
Étoient le sceptre ensanglanté
Que votre bras mu par la rage
Portoit avec férocité ;
Et ces processions civiques
Dans lesquelles fumoit l'encens
Devant vos dieux patriotiques,
Étoient des triomphes bachiques
Où vous marchiez en conquérans.

Admirez pourtant ma clémence !
Votre pardon vous est acquis,
Si de vos trop nombreux délits

Faisant à la fin pénitence,
Vous tombez aux pieds du Héros
Qui tira l'État du chaos
Où l'avoit mis votre ignorance ;
Si vous jurez obéissance
A ce modèle des guerriers
Qui sait aux champs de la victoire
Moissonner d'immortels lauriers,
Mais qui, plaçant toute sa gloire
Dans le bonheur de ses sujets,
Fera, malgré la politique
Et de Gustave et des Anglais,
Fleurir l'olivier pacifique.

Qu'attendez-vous donc pour servir
Celui que l'Europe révère ?
Croyez-vous pouvoir ressaisir
Le plus beau sceptre de la Terre ?
Détrompez-vous ; vos échafauds,
Vos sottises et tous les maux,
Fruits amers de votre ignorance,
Nous donnent la douce espérance
Que votre affreuse autorité
Ne pèsera plus sur la France ;
Et victime de la licence,
Qu'en son aveugle confiance
Il prenoit pour la liberté,
Ce Peuple quelquefois frivole,
Mais ami de la vérité,
A brisé pour toujours l'idole
Élevée à la Cruauté.

N'ALLEZ pas croire, je vous prie,
Qu'agissant en ambassadeur
Auprès de votre coterie,
Je réclame, en ces vers, l'honneur
Et l'appui de votre alliance :
Celui qui gouverne la France
N'en est pas réduit au malheur
De mendier votre assistance ;
Et tous vos projets de vengeance
Ne peuvent troubler son grand cœur.

L'OISEAU qui plane dans la nue,
Sur les reptiles venimeux,
Habitans des marais fangeux,
Daigne-t-il abaisser la vue ?
Bien loin que le roi des forêts
Craigne l'insecte qui bourdonne,
Il laisse murmurer en paix
Ce peuple ailé qui l'environne ;
Mais si, fatigué de ses cris,
Il vouloit voir dans la poussière
Rentrer ces foibles ennemis,
Il agiteroit sa crinière,
Et tous seroient anéantis.

A. Egron,
rue des Noyers, n° 24.

www.ingramcontent.com/pod-product-compliance
Lightning Source LLC
LaVergne TN
LVHW050521160826
845677LV00004B/1253

* 9 7 8 2 3 2 9 6 2 5 2 6 3 *